Lachnummern

Siegfried Schilling

Lachnummern

Sketche-Sammlung

Impressum

© 2017 Siegfried Schilling

Herstellung und Verlag: BoD – Books on Demand, Norderstedt

ISBN 9-783743-166721

Printed in Germany

Bibliografische Information der Deutschen Nationalbibliothek

Die Deutsche Nationalbibliothek verzeichnet diese Publikation in der Deutschen Nationalbibliografie; detaillierte bibliografische Daten sind im Internet über http://dnb.d-nb.de abrufbar.

Inhalt

Der Band „Lachnummern" aus der Feder des Schriftstellers Siegfried Schilling enthält eine Sammlung von Sketchen, Gags und Blackouts aus den vergangenen Jahren. Wem das Lachen abhandengekommen ist, bietet diese Lektüre die Möglichkeit, es sich zurückzuholen und die Welt wieder so zu sehen wie sie ist: zum Lachen. Also suchen Sie sich eine ruhige Ecke aus, schlagen sie das Buch auf und beginnen Sie mit Ihrer Lach-Therapie. Ihre Familie, Ihre Freunde und Bekannten sowie alle anderen, die Sie nur als schlechtgelaunten Miesepeter kennen, werden staunen über die Verwandlung, die sich in Ihnen vollzieht. Als „Arzt" grüßt der Autor Siegfried Schilling, „Herr des Gelächters" und literarisches Multitalent: Er kommt, seitdem er Sketche schreibt, aus dem Lachen nicht mehr heraus.

Die Frauen

Ort: im Abteil eines fahrenden Zuges

Personen: 1. Mann
2. Mann
Pfarrer

im Zugabteil/Tag

Zwei Männer sitzen einander in einem Zugabteil gegenüber. Beide haben ihren Koffer neben sich auf den Nachbarsitz gelegt. Der 1. Mann reicht dem 2. Mann ein Foto seiner „Frau"

1. MANN

Das ist meine Frau – im letzten Sommer im Garten aufgenommen.

Der 2. MANN betrachtet aufmerksam das Foto

2. MANN

Das nenne ich ein Rasseweib…

1. MANN

Das kann man laut sagen.

2. Mann

Mit der langweilen Sie sich bestimmt nie.

1. MANN

Wie könnte man! Und wie sie sich anfühlt, wie anschmiegsam sie ist…

2. MANN *(schwärmerisch)*

Oh ja, das ist meine auch...

1. MANN

Und man kann ja wirklich alles mit ihr machen – und sie macht alles mit.

Die beiden Männer lachen laut auf

1. MANN

Außerdem hat sie nie Migräne, sagt nie „nein" und schweigt wie ein Grab.

2. MANN

Das alles schätze ich auch an meiner.

1. MANN

Ich bin richtig verliebt in sie. Sind Sie auch so glücklich mit Ihrer?

2. MANN

Doch – schon. Nur schlafft sie in letzter Zeit so schnell ab, wenn ich sie richtig rannehme.

1. MANN

Haben Sie sie schon mal gründlich untersucht?

2. MANN

Versteht sich. Hab´ aber nichts gefunden. Doch irgendwo ist sie nicht ganz dicht. Schade. Ich hol´ sie mal raus.

Der 2. Mann öffnet seinen Koffer und holt eine zusammengerollte, aufblasbare Sexpuppe heraus

1. MANN

Und ich zeig´ Ihnen mal meine. Die ist in Wirklichkeit noch attraktiver als auf dem Foto.

Der 1. Mann holt ebenfalls seine zusammengerollte, aufblasbare Sexpuppe heraus. Beide Männer beginnen, ihre Puppen aufzublasen. Ein Pfarrer betritt das Abteil. Als die beiden Männer ihn bemerken, halten sie inne. Der Pfarrer wirft einen interessierten Blick auf die Puppen

PFARRER *(auf die Puppen deutend)*

Hm – das wäre doch eigentlich auch etwas für mich.

1. MANN *(zum Pfarrer)*

Na, ich denke, Sie sollten sich lieber einen Kaplan nehmen, Herr Pfarrer. Da dauert das Blasen auch nicht so lange…

Die beiden Männer brechen in Gelächter aus, der Pfarrer schaut beleidigt

Die Leitungen sind wieder frei

Ort: Fernsehstudio

Personen: Moderator
             viele Telefonistinnen
Chef   (Stimme)

im Fernsehstudio/Abend

Werbesendung einer Versicherungsfirma im Fernsehen. In der Mitte sitzt der Moderator, hinter ihm ein Saal voller Telefonistinnen

MODERATOR

Ja, meine lieben Zuschauer, das ist doch wirklich ein Angebot, zu dem man einfach nicht „nein" sagen kann. Am besten, Sie setzen sich gleich mit uns in Verbindung, um sich dieses Paket zu sichern. Also – rufen Sie an: Die Leitungen sind wieder frei...

Der Moderator und die Telefonistinnen hinter ihm setzen ihr strahlendstes Lächeln auf und warten auf Anrufe. Doch die Telefone bleiben stumm

MODERATOR *(lächelnd)*

Scheuen Sie sich nicht, meine lieben Zuschauer, und rufen Sie an: Meine Mitarbeiterinnen und ich stehen Ihnen voll zur Verfügung.

Der Moderator und die Telefonistinnen zeigen weiter ihr strahlendes Lächeln und warten auf Anrufe. Doch die Telefone bleiben stumm

MODERATOR *(verkrampft lächelnd)*

Meine lieben Zuschauer, nutzen Sie Ihre Chance und sichern Sie sich dieses einmalige Angebotspaket. Rufen Sie an: Die Leitungen sind wieder frei.

Der Moderator und die Telefonistinnen lächeln verkrampft. Als niemand anruft, verlieren sie allmählich ihr Lächeln aus dem Gesicht. Der Moderator sieht sich ratlos zu den Telefonistinnen um, die nur mit den Schultern zucken

MODERATOR *(bittend)*

Ich bitte Sie, meine lieben Zuschauer, rufen Sie doch an: So ein Angebot bekommen Sie so leicht nicht wieder...

TELEFONISTINNEN *(bittend)*

Bitte rufen Sie an...

Der Moderator und die Telefonistinnen warten einen Augenblick, doch es ruft niemand an. Der Moderator wird ungeduldig

MODERATOR

Also wenn ich dann bitten dürfte, meine lieben Zuschauer: Wir haben hier schließlich nicht ewig Zeit...

Der Moderator und die Telefonistinnen blicken erwartungsvoll auf die Telefone vor ihnen. Doch es ruft niemand an. Der Moderator trommelt genervt mit den Fingern auf den Tisch, ebenso die Telefonistinnen

MODERATOR

Ich warte…

Es ruft niemand an

MODERATOR *(verärgert)*

Also nun laust mich aber der Affe: So was hab´ ich ja noch nie erlebt…

Der Moderator dreht sich zu den Telefonistinnen um, die verständnislos den Kopf schütteln und zischen

MODERATOR *(schimpft)*

Man muss doch bescheuert sein, total bescheuert, wenn man so ein Angebot ausschlägt…

Die Telefonistinnen lachen verächtlich

TELEFONISTINNEN

Bescheuert…

MODERATOR *(schimpft)*

Also ich für meinen Teil hab´ gleich die Schnauze voll. Wenn jetzt kein Anruf kommt, dann schwirr´ ich hier ab. Hab´ meine Zeit doch nicht gestohlen...

TELEFONISTINNEN

Wir auch nicht...

MODERATOR

Also...

Der Moderator trommelt genervt mit den Fingern auf den Tisch, wobei er hin und wieder zornige Knurrlaute ausstößt. Als niemand anruft, springt er schließlich auf

MODERATOR

So – aus, Schluss, vorbei: Mir reicht's!

Die Telefonistinnen springen ebenfalls auf, ballen ihre Fäuste und stoßen gleichzeitig einen zornigen Knurrlaut aus. In diesem Augenblick klingelt das Telefon auf dem Tisch des Moderators.

Dieser starrt ungläubig darauf und wendet sich dann zu den Telefonistinnen um. Alle reißen jubelnd die Arme hoch und brechen in ein Triumphgeschrei aus. Es herrscht unglaublicher frenetischer Jubel im Studio, der nicht enden will. Schließlich bedeutet der Moderator den Telefonistinnen, ruhig zu sein. Es herrscht absolute Ruhe, als der Moderator das Telefon abnimmt

MODERATOR

Hier ist das Allvis-Versicherungsstudio – Menzel. Wen habe ich in der Leitung? Und was kann ich für Sie tun?

CHEF

Mich haben Sie in der Leitung, Menzel – Ihren Chef. Und was Sie für mich tun können, will ich Ihnen sagen: Holen Sie sich so schnell wie möglich Ihre Papiere in der Firma ab, Sie absoluter Versager!

Der Chef legt auf. Der Moderator starrt einen Augenblick auf das Telefon und wendet sich dann an die Fernsehzuschauer

MODERATOR

Also, meine lieben Zuschauer – Sie haben es gehört. Wenn Sie einen Job für mich haben, rufen Sie bitte an: Die Leitungen sind wieder frei…

Der Moderator guckt erwartungsvoll auf das Telefon

Recht gehabt

Ort: Vorgarten/Hauseingang

Personen: Ehefrau
Ehemann
Leiche

im Vorgarten/Tag

Der Ehemann und die Ehefrau stehen in Straßenkleidung im Vorgarten eines Einfamilienhauses und sehen sich betroffen an

EHEMANN

Wie recht Du hattest, Liebling, als Du gestern Abend sagtest: In Sven steckt viel, viel mehr, als man glaubt…

Die beiden Eheleute gehen nach links und rechts auseinander und geben den Blick frei auf „Sven", der tot auf dem Boden liegt. In ihm stecken unzählige Messer

Überraschende Wende

Ort: Wohnstube

Personen: Marc
             Sylvia (Ehefrau von Marc)
             Peter (Nachbar)

in der Wohnstube/Tag

Sylvia sitzt mit ihrem Nachbarn Peter auf dem Sofa. Im Hintergrund leise romantische Musik

SYLVIA

Ich finde es unheimlich nett von Dir, Peter, dass Du das mitmachst.

PETER

Na, hör mal – ist doch selbstverständlich. Ich kann es überhaupt nicht glauben, dass zwischen Dir und Marc nichts mehr läuft: So eine Frau wie Du...

SYLVIA

Vielleicht hilft ihm ja unser heißer Flirt wieder auf die Sprünge. Einen Versuch ist es...

In diesem Augenblick schließt Marc die Wohnungstür auf. Sylvia und Peter umarmen sich schnell und schmusen miteinander – um „erschrocken" auseinander zu fahren, als Marc das Wohnzimmer betritt. Dieser bleibt überrascht stehen

MARC

Was bedeutet denn das?

PETER *(„überrascht" zu Marc)*

Marc..!

SYLVIA *(„erschrocken" zu Marc)*

Du bist schon zurück?

Marc *(zu Peter)*

Ich fasse es einfach nicht, Peter: Du mit Sylvia… Also das hätte ich niemals von Dir erwartet – niemals.

Peter zuckt gleichgültig mit den Schultern

PETER *(zu Marc)*

Tja, ist eben so. Wir sind den ganzen Tag allein zu Hause, langweilen uns ein bisschen, fühlen uns ein bisschen einsam – und dann passiert es eben.

MARC *(zu Peter)*

Ich bin tief enttäuscht von Dir, Peter – wirklich tief enttäuscht.

Sylvia springt auf und umarmt Marc

SYLVIA *(zu Marc)*

Dann bin ich Dir also doch nicht gleichgültig?

Marc reißt sich von Sylvia los, setzt sich neben Peter auf die Couch und umarmt ihn. Sylvia schaut ungläubig

MARC *(zu Peter)*

Liebst Du mich denn nicht mehr, Peter? Sag doch!

Peter macht sich von Marc los

PETER *(verblüfft zu Marc)*

Hab´ ich Dich denn jemals geliebt?

MARC *(zu Peter)*

Ach, was frage ich? Natürlich liebst Du mich noch.

PETER *(verblüfft zu Marc)*

Da weißt Du mehr als ich.

Marc streichelt Peter

MARC *(zu PETER)*

Ich würde gern mit Dir allein sein, Peter. Komm, wir gehen zu Dir! Komm!

Marc steht auf und zieht Peter an den Armen hoch, um mit ihm, Hand in Hand, Richtung Wohnungstür zu gehen. Peter dreht sich noch einmal zu Sylvia um, die völlig perplex ist

PETER *(zu Sylvia)*
Also irgendwie scheint unser Plan nicht ganz geklappt zu haben, Sylvia.

SYLVIA *(zu Peter)*

Tja, manchmal kommt es eben anders... herum...

Peter und Marc gehen Hand in Hand hinaus. Sylvia kratzt sich am Kopf und sieht ihnen ungläubig nach

Ein wirklich netter Nachbar

Ort: vor dem Eingang eines Mehrfamilienhauses

Personen: 1. Polizist
2. Polizist
Nachbar
Nachbarin
Hitler

vor einem Hauseingang/Tag

Die zwei Polizisten sowie der Nachbar und die Nachbarin stehen vor einem Hauseingang „ihres" Mehrfamilienhauses. Während der Nachbar und die Nachbarin erzählen, nicken die beiden Polizisten hin und wieder zustimmend und lassen ein „Hm" oder „Ja" hören

NACHBARIN

Also das hätte ich niemals von ihm gedacht – wirklich.

NACHBAR

Er hat immer so freundlich gegrüßt – und für jeden ein freundliches Wort übriggehabt.

NACHBARIN

Wie oft hat er mir die Tür aufgehalten... Und Komplimente konnte er auch machen...

NACHBAR

Hilfsbereit war er wie kein anderer. Er hat nie lange gefragt, sondern gleich mit angepackt – ob beim Schneeräumen oder Laub zusammenharken.

NACHBARIN

Er konnte einfach nicht zusehen, wenn andere arbeiteten.

NACHBAR

Und um einen Rat war er auch nie verlegen.

NACHBARIN

Ja, das stimmt. Ich glaube, ich hab´ auch nie einen Menschen getroffen, der mitfühlender gewesen wäre.

NACHBAR

Kann ich nur bestätigen. Weiß noch, wie erschüttert er war, als ich ihm erzählte, dass mein Schäferhund eingeschläfert werden musste.

POLIZIST

Ja, in einen Menschen blickt man eben nicht hinein.

POLIZISTIN

Man kann sich sehr täuschen.

Adolf Hitler erscheint hinter einer Hecke, bemerkt die Gruppe mit den beiden Polizisten und flieht. Diese nehmen sofort die Verfolgung auf

BEIDE POLIZISTEN

Halt – stehengeblieben!

Die beiden Polizisten verschwinden

NACHBAR

Tja – irgendwie ist es schade. Wer weiß, wen wir jetzt als neuen Nachbarn bekommen.

NACHBARIN

Soviel Glück wie mit Hitler werden wir bestimmt nicht wieder haben.

Die Versuchung

Ort: evangelische Kirche

Personen: Pastor
Braut
Bräutigam
Hochzeitsgäste

in der Kirche/Tag

Der Pastor und das Brautpaar, das sich glücklich anlächelt, befinden sich im Altarraum. Der Pastor wendet sich an die Hochzeitsgäste in der Kirche

PASTOR

Wer etwas gegen die Heirat der beiden Brautleute vorzubringen hat, der möge es jetzt tun – oder für immer schweigen.

In der bis dahin absolut stillen Kirche erhebt sich ein Proteststurm. Die Hochzeitsgäste springen auf und bringen ihr Missfallen über die Heirat zum Ausdruck. Erst nach und nach ebbt der

Lärm ab – die Hochzeitsgäste bleiben aber stehen. Die Braut beginnt zu weinen und wird vom Bräutigam getröstet. Der Pastor wendet sich abermals an die Hochzeitsgäste. Bei der nun folgenden Aufzählung einer jeden kulinarischen Köstlichkeit setzt sich ein Teil der Hochzeitsgäste wieder – bis schließlich alle wieder Platz genommen haben

PASTOR *(bedauernd)*

Schade, schade... Dann wird leider nichts aus der gefüllten Gans, aus dem zarten Buttergemüse und den leckeren Salzkartoffeln. Nichts aus dem köstlichen Dessert, dem kalten Büffet, den Mosel- und Frankenweinen und dem kühlen Blonden aus Dortmund...

Mittlerweile haben sich alle Hochzeitsgäste wieder gesetzt. Der Pastor hebt ein wenig die Stimme

PASTOR

Oder etwa doch..?

Zustimmendes Gejohle und Pfeifen von den Kirchenbänken. Das Brautpaar fällt sich in die Ar-

Bohlen gibt Carina ein Zeichen, ihm jetzt die Füße zu küssen. Carina steht auf, küsst ihm die Füße und legt sich wieder auf die Liege

BOHLEN

Also ich hab´ nicht gesehen, dass Dir das Spaß gemacht hat: Daran musst Du noch arbeiten. Aber Schwamm drüber. Ich will jetzt von Dir wissen, was Du heute so vorhast.

FREUNDIN

Ich wollte eigentlich in Hamburg 'n bisschen shoppen gehen.

BOHLEN

Sag mal, kriegst Du vielleicht zu viel Taschengeld von mir – oder was? Also shoppen gehen kannst Du Dir abschminken. Heute wird was getan, und zwar anständig.

FREUNDIN

Och Dieter, ich hab´ mich so aufs Shoppen gefreut...

BOHLEN

Sag mal, seh´ ich aus wie dieser alte Zausel von Hallervorden – oder was? Ich heiße Dieter, und zwar schon ziemlich lange. Kannst Du Dir das merken, oder hast Du Durchzug – oder was?

FREUNDIN *(erschrocken)*

Das war doch nur lieb gemeint, Dieter.

BOHLEN

Ach, hör auf mit Deinem Gesülze! Und im Übrigen hast Du was vergessen...

FREUNDIN

Vergessen..?

BOHLEN

Ja, mir die Füße zu küssen. Das muss immer das Erste sein, wenn Du Dich meinem Edelkörper näherst. Kannst Du das irgendwann mal verinnerlichen – oder was? So, hopp, jetzt!

Shoppen fällt aus

Ort: im Haus von Dieter Bohlen

Personen: Dieter Bohlen
Freundin Carina

auf der Terrasse/Morgen

Dieter Bohlen räkelt sich auf einer schicken und bequemen Liege und blättert in einer Klatsch-Zeitschrift. Auf dem Tisch neben der Liege steht ein alkoholfreies Getränk. Freundin Carina betritt die Terrasse

FREUNDIN

Hallo, Didi..!

Carina legt sich auf die zweite Liege. Bohlen schlägt die Klatsch-Zeitschrift zu und blickt Carina böse an

me, der Pastor strahlt

BOHLEN

Nichts da! Ich will 'n neues Buch rausgeben, und das wirst Du schreiben! Hab´ keine Lust, mein sauer Verdientes noch einmal irgendeiner geldgeilen Schreib-Tussi in den großen Ausschnitt zu stecken. So'n Scheiß Schmöker kann jeder verzapfen – selbst Du.

FREUNDIN

Ich kann nicht schreiben, Dieter: Das ist nicht mein Ding.

BOHLEN

Bist Du Legastheniker – oder was? Du schreibst die Schwarte – damit basta. Ich geb´ Dir nachher 'n paar Biografien - von Elvis, den Beatles und so – und daraus machst Du 'n neues Bohlen-Werk. Titel meinetwegen: Was ist Wahrheit? Das weiß sowieso kein Schwein. Jeden Tag stramm dabei, und Du bist schnell damit durch.

FREUNDIN

Och, Dieter...

BOHLEN

Du sollst es ja auch nicht umsonst machen. Wenn Das Ding gut wird, kauf´ ich Dir `n Geschirrspüler: Dann brauchst Du nicht mehr alles mit der Hand abzuwaschen. Na, ist das 'n Angebot?

FREUNDIN *(zögerlich)*

Danke, Dieter.

BOHLEN

Geschenkt. So, Du machst jetzt Frühstück, und ich werde mal kurz mit Naddel und Blubb-Blubb quatschen. Wenn die nicht einmal täglich meine Stimme hören, sind die total down: So 'ne Hörigkeit zu mir kann man eben nicht so einfach abschütteln.

FREUNDIN

Die leben doch längst ihr eigenes Leben…

BOHLEN

Das ist doch kein Leben – ohne mich.

Schnitt auf Bohlen, der Carina einen fragenden Blick zuschickt – um dann die Arme hinter dem Kopf zu verschränken

BOHLEN

Ja, und nach dem Frühstück zieh´ ich das volle Programm durch: Jogging, Sauna, Solarium, Maniküre, Pediküre, Haarklempner und den ganzen Scheiß. Dann bis 16 Uhr Schönheitsschlaf, und 'ne Stunde später ab zu RTL: Interview zur deutschen Musikszene heute. Darf Heino nicht vergessen, der nicht kommen kann. Hat mich gebeten, ihn in der Sendung zu beleidigen, damit er wieder im Gespräch ist: Nichts, was ich lieber täte! Aber irgendwas wollte ich noch... Ach ja, wollte noch 'n Welthit schreiben. Wird heute zwar zeitlich 'n bisschen eng, aber ich denke, das kriege ich noch hin: Null Problemo für Dieter...

Bohlen schaut zur Nachbarliege: Sie ist leer

BOHLEN

O, hab´ gar nicht gemerkt, dass Carina weg ist. Naja, das ist mir mit den anderen Tussis genauso ergangen...

Bohlen lacht laut auf und vertieft sich dann wieder in die Klatsch-Zeitung

Das Machwerk der Woche

Ort: Stadtbücherei

Personen: Radetzki (Leiter des Literaturklubs)
mehrere Mitglieder

in der Stadtbücherei/Abend

Die Mitglieder des Literaturklubs sitzen im Halbkreis in der Stadtbücherei. Radetzki, der wie eine Karikatur von Reich-Ranitzky aussieht, hat ein dickes Buch auf seinem Schoß, dessen Titel man allerdings nicht lesen kann. Von Zeit zu Zeit bildet sich Schaum vor Radetzkis Mund, den er mit einem Taschentuch abwischt

RADETZKI

Ja, meine lieben Literaturfreunde, ich hab´ ja schon so manche Schwarte gelesen, aber so eine wie diese ist mir noch niemals in die Hände gefallen...

Radetzki deutet auf das Buch, das auf seinem Schoß liegt

RADETZKI

Dieses Buch vereinigt wirklich so ziemlich alles, was ein Machwerk ausmacht.

Radetzki schüttelt sich angewidert

RADETZKI

Auf jeder Seite, jedenfalls im ersten Teil, meine lieben Freunde, nichts als Raub, Mord, Vergewaltigungen, Inzest, Kriege und Katastrophen. Es ist beinahe schon lächerlich...

Radetzki lacht laut auf

RADETZKI

Hier tobt sich die Lust eines ganzen Rudels von schreibwütigen Psychopathen an der Destruktion und dem Untergang aus. Es ist nur allzu verständlich, meine lieben Freunde, dass diese Herren Schmierfinken, die sich dem Leben abgewendet haben und in ihrer perversen Fantasie gären, unter Pseudonym sudeln. Und auch der zweite Teil dieses Gewalt- und Horror-Schinkens – wen wundert´s, meine lieben Freunde? –

kommt nicht ohne sexuelle Perversitäten und Gewaltexzesse aus. Und dann noch diese völlig unglaubwürdige Hauptfigur, die zum Schluss wohl selber nicht weiß, ob sie tot oder lebendig ist...

Radetzki stößt einen Zischlaut aus

RADETZKI

Nein, meine lieben Freunde, das ist Literatur, wie sie **nicht** sein sollte, Literatur auf tiefstem Niveau, Literatur, die den Massengeschmack, die niedrigsten Gelüste der Masse, bedient. Kurzum: totaler Zerriss für dieses Extrem-Machwerk mit dem bezeichnenden Titel... äh...äh...

Radetzki kratzt sich am Kopf und schaut auf das Buch

RADETZKI

...Die Bibel – ja. Dieses Buch *(knirscht mit den Zähnen)* gehört auf keinen Fall in den Bücherschrank, sondern in den Papiercontainer.

Die Mitglieder des Literaturkreises klatschen beifällig

Dritter Versuch

Ort: Bankgebäude

Personen: Förster (Vorstandsmitglied)
Pilzer (Vorstandsmitglied)
mehrere englische Bänker

in einem oberen Büro des Bankgebäudes/Tag

Mehrere bewaffnete Herren in schwarzem Anzug schießen mit Maschinenpistolen auf das Bankgebäude. Förster und Pilzer, zwei korrekt gekleidete Vorstandsmitglieder der angegriffenen Bank, stehen am Fenster und erwidern das Feuer. Plötzlich herrscht Ruhe. Förster und Pilzer senken ihre Waffen und beobachten die Straße

FÖRSTER

Ich weiß nicht, wie lange wir uns noch halten können: Das ist bereits der dritte Versuch einer feindlichen Übernahme durch die Engländer. Ich fürchte, bald ist unsere Bank fällig.

PILZER *(schreit)*

Da sind sie wieder… Los, draufhalten…

Die beiden Männer schießen wie wild auf die Straße

Schnellweg

Ort: vor einem Hauseingang

Personen: Vertreter
Hausfrau

vor dem Hauseingang/Tag

Der Vertreter versucht der Hausfrau sein Produkt „Schnellweg" aufzuschwatzen

VERTRETER

Sie glauben gar nicht, Frau Kinzig, wie viele begeisterte Kunden uns schreiben oder bei uns anrufen…

HAUSFRAU

Wirklich..?

VERTRETER

Und ich bin sicher, dass auch Sie begeistert sein werden. „Schnellweg" ist wirklich das Beste, was derzeit auf dem Markt ist.

HAUSFRAU

Und mit „Schnellweg" bekommt man wirklich alles weg?

VERTRETER

Alles – glauben Sie mir.

HAUSFRAU

Auch aufdringliche Vertreter?

VERTRETER

Natürlich. Klar…

HAUSFRAU

Wenn das so ist, dann nehme ich eine Packung.

VERTRETER

Eine gute Entscheidung, Frau Kinzig.

Der Vertreter gibt der Hausfrau eine Packung „Schnellweg". Die Hausfrau bezahlt

VERTRETER

Danke, Frau Kinzig. Dann wünsche ich Ihnen noch einen schönen Tag.

HAUSFRAU

Danke, gleichfalls.

Der Vertreter geht, wendet sich aber nach einigen Schritten nochmals um

VERTRETER

Sehen sie, Frau Kinzig, wie schnell Ihr Mittel wirkt: Ich bin schon so gut wie weg…

Der Vertreter lächelt zufrieden und winkt der Hausfrau noch einmal freundlich zu. Diese schaut verblüfft auf die Packung

Hochzeitsnacht

Ort: Schlafzimmer

Personen: Braut
Bräutigam
Einbrecher (schwul)

im Schlafzimmer/Abend

Die Braut legt ihr Brautkleid ab und verschwindet im Bad. Ein Einbrecher steigt durch das geöffnete Fenster in das Schlafzimmer ein. Die Stimme des Bräutigams ist vor der Schlafzimmertür zu hören

BRÄUTIGAM

Schatz, ich komme...

Der Einbrecher schaltet schnell das Licht aus und versteckt sich unter der Bettdecke. Nur seine Hände sind sichtbar, mit denen er die Bettdecke über seinem Kopf festhält. Der Bräutigam tritt ein

BRÄUTIGAM

O, Schatz – Du bist ja schon...

Der Bräutigam entkleidet sich blitzschnell und stürzt sich auf die vermeintliche Braut, die er küsst und befingert – um sodann abrupt zu unterbrechen und sich steil im Bett aufzurichten

BRÄUTIGAM

Was ist das? Mein Gott... Jetzt weiß ich, weshalb Du keinen Sex vor der Hochzeitsnacht wolltest...

Der Einbrecher richtet sich auf und knipst die Nachttischlampe an

EINBRECHER *(mit schwuler Stimme)*

Also ich hätte bestimmt nichts dagegen gehabt...

Der dritte oder vierte Fall

Ort: in einer Bank

Personen: Bankangestellter
Bankräuber
Bankkunde
1. Polizist
2. Polizist

in der Bank/Tag

Der Bankräuber, eine große Tasche in der Linken, bedroht mit einer Pistole den Bankangestellten sowie den Bankkunden

BANKRÄUBER *(zum Bankkunden)*

Pfoten hoch, aber plötzlich – und keine Dummheiten!

Der Bankkunde nimmt die Hände hoch. Der Bankräuber stellt die Tasche auf den Tisch

BANKRÄUBER *(zum Bankangestellten)*

So, und Du machst mir jetzt zum glücklichen Menschen, kapiert?

BANKKUNDE *(zum Bankräuber)*

Du machst **mich** zum glücklichen Menschen – **mich**...

Der Bankräuber sieht den Bankkunden irritiert an, während der Bankangestellte die Gelegenheit nutzt und unbemerkt einen roten Alarmknopf betätigt

BANKRÄUBER *(zum Bankkunden)*

Was ist los? Tickst Du nicht richtig? Hier wird nur einer bedient – nämlich **ich**.

BANKKUNDE *(zum Bankräuber)*

Ich wollte doch nur...

BANKRÄUBER *(zum Bankkunden)*

...das Maul halten – ja?

Der Bankräuber wendet sich wieder dem Bankangestellten zu und weist auf die Tasche

BANKRÄUBER *(zum Bankangestellten)*

So, was ist? Füll mich die Tasche – aber bis oben hin.

Der Bankangestellte beginnt, die Tasche mit Geld zu füllen

BANKKUNDE *(zum Bankräuber)*

Füll **mir** die Tasche – **mir**…

BANKRÄUBER *(böse zum Bankkunden)*

Also jetzt hab´ ich aber die Faxen dicke. Wer überfällt nun die Bank: Du oder ich? Wenn Du so geldgeil bist, dann zieh Dein eigenes Ding durch, kapiert? Aber hier bin ich am Zug.

Der Bankräuber schüttelt verständnislos mit dem Kopf und wendet sich dann an den Bankangestellten

BANKRÄUBER *(zum Bankangestellten)*

So, dalli, dalli! Ich möchte mir nämlich schleunigst verabschieden – verstehst Du?

BANKKUNDE *(zum Bankräuber)*

Ich möchte **mich** verabschieden – **mich**...

Der Bankräuber setzt dem Bankkunden die Pistole an den Bauch

BANKRÄUBER *(zum Bankkunden)*

Ach nee – weshalb denn so plötzlich?

BANKKUNDE *(zum Bankräuber)*

Sie verstehen mich falsch. Ich wollte Sie lediglich darauf aufmerksam machen...

BANKRÄUBER *(zum Bankkunden)*

Dass Du die Hose voll hast? Oder dass Du mein Glück nicht mit ansehen kannst? Du bist schon so eine Pfeife. Du gehst nach mich – oder in die ewigen Jagdgründe ein, kapiert?

BANKKUNDE *(zum Bankräuber)*

Nach **mir**... Verstehen Sie doch endlich…

Der Bankräuber nimmt die Pistole herunter und sieht den Bankkunden von oben bis unten an

BANKRÄUBER *(zum Bankkunden)*

Langsam verstehe ich: Du bist entweder gehirnamputiert oder lebensmüde. Also wenn Du unbedingt vor mich die Bank verlassen willst – bitte! Mal sehen, wie weit Du kommst…

BANKKUNDE *(zum Bankräuber)*

Will ich gar nicht: Sie missverstehen mich. Ich…

BANKRÄUBER *(zum Bankkunden)*

Was? Plötzlich nicht mehr? Muffensausen gekriegt? Oder 'n Vernunftanfall? Also Typen gibt´s. Aber Schluss jetzt mit dem Gequatsche!

Der Bankräuber schließt die bis obenhin mit Geld gefüllte Tasche und nimmt sie an sich. Dem Bankangestellten bedeutet er, die Hände hoch zu nehmen, was dieser auch sofort macht

BANKRÄUBER *(zu beiden)*

So, ihr lasst jetzt so lange die...
Die Eingangstür der Bank wird aufgerissen und zwei bewaffnete Polizisten stürmen in den Schalterraum. Der Bankräuber lässt unbemerkt die Pistole in der Jackentasche verschwinden und die Tasche mit dem Geld fallen

POLIZISTEN *(laut)*

Hände hoch..!

Der Bankangestellte, der Bankräuber und der Bankkunde nehmen die Hände hoch. Die Polizisten richten ihre Waffen abwechselnd auf den Bankkunden und den Bankräuber. Der Bankangestellte nimmt die Hände wieder herunter

BANKRÄUBER *(leise zu sich selbst)*

Die kriegen mir nicht.

BANKKUNDE *(laut zum Bankräuber)*

Die kriegen **mich** nicht – **mich** nicht...

Die beiden Polizisten sehen sich verblüfft an – um dann laut aufzulachen

BEIDE POLIZISTEN

Wir haben Dich schon, Freundchen.

Während der 1. Polizist den verblüfften Bankkunden mit der Waffe in Schacht hält, legt ihm der 2. Polizist Handschellen an

1. POLIZIST *(zum 2. Polizisten)*

Wieder einen aus dem Verkehr gezogen, der sein Konto überziehen wollte.

2. POLIZIST *(zum 1. Polizisten)*

Ja, heute reißt es einfach nicht ab.

1. POLIZIST *(zum 2. Polizisten)*

Ist das nun der dritte oder vierte Fall?

2. POLIZIST *(zum 1. Polizisten)*

Keine Ahnung. Ist ja auch egal…

*Die beiden Polizisten schaffen den perplexen
Bankkunden hinaus*

Unerwartete Wirkung

Ort: Wohnstube

Personen: Stefan (Ehemann)
             Elvira (Ehefrau)
             Hans (Hausfreund)

in der Wohnstube/Tag

Stefan und Elvira sitzen auf der Couch, sehen fern und knabbern Salzstangen. Plötzlich hebt sich Stefans Arm zum faschistischen Gruß. Stefan und Elvira gucken erstaunt

ELVIRA

Was soll denn das, Stefan?

STEFAN *(verblüfft)*

Hm, komisch... Der ist von allein hoch gegangen – und steif wie 'n Brett.

ELVIRA

Nun hör auf damit, Stefan – ich finde das nicht witzig.

STEFAN

Glaubst Du, ich? Aber ich kann nichts machen.

ELVIRA *(kopfschüttelnd)*

Stefan, also wirklich...

Elvira versucht, Stefans Arm herunterzudrücken, doch es gelingt ihr nicht

ELVIRA *(verblüfft)*

Das gibt´s doch gar nicht... Wie ist das nur möglich? Ist Dir Deine Potenz in den Arm gefahren – oder was?

Stefan schlägt sich mit der flachen Hand an die Stirn

STEFAN

Ja natürlich – das ist es!

ELVIRA

Was ist?

STEFAN

Ja, weißt Du, ich hab´ vorhin eine Pille von Hans bekommen...

ELVIRA

Eine Pille?

STEFAN

Ja. Hat er von seiner Südamerika-Reise mitgebracht. Soll stärker sein als Viagra und Cialis zusammen.

ELVIRA *(überrascht)*

Hä..?

STEFAN

Sollte sie unbedingt testen. Scheint aber bei mir irgendwie nicht richtig zu funktionieren.

Elvira lacht laut auf und deutet auf Stefans Arm

ELVIRA

Und Du meinst..? Gibt es so was? Und 'ne kleine Nebenwirkung spürst Du nicht?

STEFAN

Doch, schlechte Laune.

ELVIRA

Schade, schade. Das hätte ja vielleicht ein stürmischer Nachmittag werden können.

STEFAN

Was mach´ ich denn jetzt?

ELVIRA

Abwarten und Tee trinken – was sonst? Irgendwann muss die Wirkung ja nachlassen.

Es klopft kurz an der Wohnungstür und Hans tritt ein. Um den Kopf hat er turbanartig ein Handtuch gewickelt

HANS

High, Leute! Ich störe doch nicht?

STEFAN *(zu Hans)*

Nicht mehr als sonst.

Hans deutet auf Stefans Arm

HANS *(zu Stefan)*

Was übst **Du** denn?

STEFAN *(zu Hans)*

Ja, was wohl? Hab´ Deine blöde Potenzpille geschluckt. Und **das** ist das Ergebnis – und zwar das einzige.

Hans schaut verblüfft – und lacht dann laut auf

HANS *(zu Stefan)*

Was..? Das gibt´s doch gar nicht. Bei mir hat sie funktioniert.

STEFAN *(zu Hans)*

Ach, nee...

HANS *(zu Stefan)*

Und wie – einfach unglaublich! Aber dann...

STEFAN und ELVIRA *(zu Hans)*

Aber dann..?

HANS

Dann hab´ ich mir vorgestellt, wie meine Gudi nackt aussieht, und in dem Augenblick war´s mit der Wirkung der Pille Essig – und stattdessen das...

Hans löst das Handtuch von seinem Kopf, und seine weit abstehenden Haare werden sichtbar. Stefan und Elvira lachen laut auf

Handy-Cap

Ort: Friedhof

Personen: vier Mitarbeiter eines Beerdigungsinstituts
Pastor
Trauergemeinde

auf dem Friedhof/Tag

Eine Bestattung. Die vier Mitarbeiter des Beerdigungsinstituts sind gerade im Begriff, den Sarg ins Grab hinunter zu lassen, als darin ein Handy klingelt. Die Männer halten inne und sehen zuerst einander, dann den Pastor fragend an. Von oben erschallt eine donnernde Stimme, zu der alle aufschauen

STIMME *(von oben)*

Der Teilnehmer ist vorübergehend nicht erreichbar…

Während die Trauergemeinde ungläubig nach oben schaut, saust der Sarg in die Grube, wo er polternd aufschlägt

Gefälligkeit

Ort: Konzertsaal

Personen: alte Dame
             junger Mann

Konzertsaal/Abend

Der Konzertsaal ist voll besetzt. Der junge Mann sitzt auf dem ersten Stuhl in der hintersten Reihe. Die alte Dame hält nach einem freien Platz Ausschau und wendet sich dann an den jungen Mann

ALTE DAME

Sagen Sie, junger Mann, könnte ich vielleicht Ihren Stuhl haben?

Der junge Mann blickt die alte Dame irritiert an

JUNGER MANN

Meinen Stuhl? Naja, weshalb eigentlich nicht? Es passt eigentlich ganz gut.

Der junge Mann steht auf und geht hinaus, die alte Dame setzt sich auf den freigewordenen Stuhl. Nach einem Augenblick kommt der junge Mann mit einem Plastikbehältnis in der Hand zurück

JUNGER MANN

So, da bin ich wieder. Hab´ mich wirklich beeilt.

Der junge Mann nimmt den Deckel von dem Plastikbehältnis ab, das er der alten Dame hinhält

JUNGER MANN

Voilà, mein Stuhl – zu Ihrer freien Verwendung! Und wenn ich mich jetzt wieder auf meinen Platz setzen dürfte..?

Die alte Dame stößt einen schrillen Schrei aus und starrt schockiert Haufen Kot in dem Behältnis

Stimmen

Ort: Psychiatrische Klinik/Sprechzimmer

Personen: Professor Lyse
Herr Forte (Bote)

Sprechzimmer/Tag

Professor Lyse und Forte sitzen einander im Sprechzimmer gegenüber

PROFESSOR

Und was führt Sie zu mir, Herr Forte?

FORTE

Ja, ich weiß gar nicht, wie ich es sagen soll…

PROFESSOR

Nur zu – sprechen Sie es sich von der Seele!

FORTE

Also… Naja…Wissen Sie…

PROFESSOR

Noch weiß ich nichts.

FORTE

Naja… Es ist so… Ich höre Stimmen…

PROFESSOR

Stimmen? Aha, aha.

FORTE

Ja, Stimmen, überall Stimmen. Es ist schrecklich.

PROFESSOR

Das kann ich nachfühlen, Herr Forte. Aber verzweifeln Sie nicht: Wir finden eine Lösung für Ihr Problem.

FORTE

Ich wäre der glücklichste Mensch...

PROFESSOR

Und wann hören Sie die Stimmen? Ständig? Oder zeitweise? Vielleicht in bestimmten Situationen?

FORTE

Fast immer.

PROFESSOR

Jetzt auch?

FORTE

Allerdings. Im Augenblick höre ich meine Stimme – und eben habe ich noch Ihre Stimme gehört.

Forte bricht in schallendes Gelächter aus

FORTE

War nur ein kleiner Scherz. Ich bin Bote bei der Stadt und sollte dieses Schreiben persönlich bei Ihnen abgeben, Herr Professor.

Forte zieht einen Brief aus der Tasche. Über das Gesicht des Professors huscht ein Lächeln

PROFESSOR

Wie schön das klingt: Herr Professor… Aber ich muss jetzt gehen – bevor der Professor zurück ist…

FORTE *(irritiert*

Was ist..?

Der Professor steht auf und zieht den weißen Kittel aus, um ihn an der Garderobe aufzuhängen

PROFESSOR

Wenn der Professor mich hier erwischt, gibt´s wieder Elektroschocks, kalte Duschen und diese ekelhaften Pillen. Brrrrr…

Der Professor schüttelt sich. Forte steht vorsichtig auf, drückt sich an den Professor vorbei und läuft, die Tür hinter sich zuschlagend, hinaus. Der Professor lacht laut auf

PROFESSOR

Den Leuten kann man aber auch wirklich alles auf die Nase binden. Naha, aber das ist schließlich mein Job...

Der Professor grinst breit

Was ist das .Leben?

Ort: im OP

Personen: Herr Wontorra (Hundebesitzer)
Dr. Brommel (Veterinär)
Frau Sommer
Bello (Hund)
Kater

in der Tierarztpraxis/Tag

Wontorra, ein kleiner, dünner Endsechziger, steht dem Veterinär Dr. Brommel gegenüber. Auf dem Arm trägt er seinen bejahrten Hund Bello, der einen äußerst apathischen Eindruck macht. Brommel schlägt Wontorra kräftig auf die Schulter

BROMMEL

Na, Herr Wontorra, was führt Sie denn zu mir?

WONTORRA *(traurig)*

Ach, wissen Sie, ich bin gekommen...

BROMMEL

Gut, dass Sie mich daran erinnern…

WONTORRA *(schluchzend)*

…um meinen Bello einschläfern zu lassen.

BROMMEL

Eine ausgezeichnete Idee – wirklich, Herr Wontorra.

Brommel klopft Wontorra anerkennend auf die Schulter

BROMMEL

Was ist schon das Leben? Ein schlimmer, ein böser Traum – weiter nichts. Und so wie ihr Bello aussieht *(schaut ihn von allen Seiten an),* wäre es ja auch eine Erlösung für ihn. *(sieht Wontorra direkt ins Gesicht).* Für Sie aber auch – oder..?

Brommel lacht schallend auf, um sofort wieder zu verstummen und Wontorra, der den Veterinär entsetzt anschaut, zu beruhigen

BROMMEL

Ein Spaß, ein kleiner Spaß – weiter nichts.

WONTORRA

Für meinen Bello ist es wirklich nur noch eine Quälerei. Er ist blind, hat kaum noch einen Zahn und kann Stuhl und Urin nicht mehr halten.

BROMMEL

Dann legen Sie ihn mal auf den Behandlungstisch!

Wontorra entspricht der Bitte des Arztes. Dieser untersucht kurz den Hund und bereitet dann die Giftspritze vor. Damit baut er sich gegenüber Wontorra auf

BROMMEL

Jetzt heißt es, Abschied nehmen von Ihrem Bello, mein lieber Herr Wontorra. Und grämen Sie sich nicht: Der Tod trägt Ihren Bello wie auf Wattebäuschchen ins Hundeparadies.

Wontorra streichelt seinen Hund

WONTORRA

Ach, Bello, das ist wohl wirklich das Beste für Dich…

Der Veterinär setzt die Spritze an das Tier, rutscht aber ab und injiziert Wontorra das Gift in das Handgelenk

BROMMEL

Autsch – das ging wohl ein wenig daneben. Tut mir leid, Herr Wontorra…

WONTORRA

Herr Dok…tor… was…was… haben… Sie..?

BROMMEL

Ich..? Ich habe nichts.

WONTORRA

Sie… Sie… haben… mir… das… Se…rum…

BROMMEL

Ein kleines Malheur, Herr Wontorra, für das ich mich schon entschuldigt habe.

WONTORRA

Ich ... Ich werde...

BROMMEL

Sie sollten sich nicht aufregen: Was passiert ist, ist nun einmal passiert.

WONTORRA *(voller Angst)*

Herr Doktor... Herr Doktor...

BROMMEL

Und um mich brauchen Sie sich keine Sorgen zu machen, mein lieber Herr Wontorra: Angehörige meines Berufsstandes begehen keine Fehler – selbst wenn sie zum Tode führen. Und Ihren Bello schicke ich Ihnen natürlich umgehend nach: Sie beide gehören doch zusammen.

WONTORRA *(schreit)*

Herr Doktoooor...

Wontorra bricht tot zusammen

BROMMEL

Man hört doch immer den Fußballfan heraus.

Brommel geht zu Wontorra, untersucht ihn kurz und schließt ihm die Augen

BROMMEL

Dieses Serum gehört unbedingt auf die Positivliste.

Brommel untersucht Bello und stutzt

BROMMEL

Das liebe Tier hat bereits das Zeitliche gesegnet. Na, umso besser...

Es klopft an der Tür und Frau Sommer tritt. Sie hat ihren Kater auf dem Arm

SOMMER

Ich wollte nur...

Sommers Blick fällt auf den Verstorbenen

BROMMEL

Eingeschläfert werden..?

Sommer schaut Brommel schockiert an, stößt einen gellenden Schrei aus und läuft, ihren Kater auf dem Arm, hinaus. Das Quietschen von Autoreifen wird laut, dann Stille. Brommel sieht aus dem Fenster und schüttelt den Kopf

BROMMEL *(kopfschüttelnd)*

Manche Leute sterben tatsächlich aufgrund ihrer Humorlosigkeit... So – noch ein bisschen aufräumen, und dann ist Feierabend für mich...

Andere Länder, andere Sitten

Ort: Flugplatz

Personen: Bundeskanzlerin Merkel
Empfangsdelegation

auf dem Flugplatz/Tag

Merkel ist gerade auf dem Flugplatz des überseeischen Fantasielandes A gelandet. Sie steigt unter den Blicken des Flugpersonals die Gangway ihres Flugzeugs hinunter und geht freundlich lächelnd auf die exotisch gekleidete Empfangsdelegation zu. Diese packt Merkel, rollt sie trotz Gegenwehr in den roten Teppich ein und trägt sie darin fort. Das Flugpersonal guckt entgeistert

Ende der 1. Szene

II.

Merkel ist gerade auf dem Flugplatz des überseeischen Fantasielandes B gelandet. Sie steigt unter den Blicken des Flugpersonals langsam, immer wieder stehen bleibend und misstrauische Blicke ausschickend, die Gangway ihres Flugzeugs hinunter und geht langsam auf die Empfangsdelegation zu. Diese begrüßt sie überaus freundlich und schreitet mit ihr unter den Klängen einer Militärkapelle die Ehrenfront ab. Zum Schluss packt die Empfangsdelegation die Bundeskanzlerin, rollt sie trotz Gegenwehr in den roten Teppich ein und trägt sie darin fort. Das Flugpersonal guckt entgeistert

Ende der 2. Szene

III.

Merkel ist gerade auf dem Flugplatz des überseeischen Fantasielandes C gelandet. Sie steigt unter den Blicken des Flugpersonals entschlossen die Gangway ihres Fliegers hinunter, bis sie die letzte oder vorletzte Stufe erreicht hat. Dort bleibt sie kurz stehen, schaut nach links und rechts, holt tief Luft und spurtet dann an der exotisch gekleideten Empfangsdelegation vorbei - um in gehöriger Distanz von ihr stehen zu bleiben und sich umzudrehen. Die Mitglieder der Empfangsdelegation ducken sich leicht, breiten ihre Arme aus und nähern sich bedrohlich der Bundeskanzlerin. Diese weicht einige Schritte zurück, dreht sich dann abrupt um und spurtet auf das Flughafengebäude zu. Die Empfangsdelegation verfolgt sie und kommt ihr zusehends näher. Kurz bevor sie Merkel einholt, teilt sie sich und nimmt sie in die Mitte, um den Kreis um sie zu schließen. Die Bundeskanzlerin, die seitlich ausbrechen will, wird gepackt. Es entsteht ein wildes Gerangel, bei dem schließlich alle zu Boden gehen. Es gelingt Merkel, zu entkommen. Sie schafft es bis zur Gangway, wo sie von ihren Verfolgern gefasst und trotz Gegenwehr in den roten Teppich eingerollt und darin fortgetragen wird. Das Flugpersonal guckt entgeistert

Ende der 3. Szene

IV.

Merkel ist gerade auf dem Flugplatz des überseeischen Fantasielandes D gelandet. Sie steigt unter den Blicken des Flugpersonals entspannt und fröhlich winkend die Gangway ihres Flugzeugs hinunter und legt sich sofort auf den roten Teppich. Die Damen und Herren der exotisch gekleideten Empfangsdelegation schauen einander verblüfft an, zucken mit den Schultern und begeben sich zurück zum Flughafengebäude. Die deutsche Bundeskanzlerin rollt sich auf den Bauch und schlägt, der Empfangsdelegation ungläubig nachsehend, mit der flachen Hand auf den Boden

MERKEL

Scheiße..!

Das Flugpersonal guckt entgeistert

Ohren im Test

Ort: Flugplatz

Personen: Außenminister Gabriel
eine männliche Stimme

auf verschiedenen Flugplätzen/Tag

1. Szene

Ein sonniger Tag. Außenminister Gabriel steigt einige Stufen einer Gangway hinunter, bleibt dann stehen, zieht eine Sprayflasche aus der Tasche, sprüht sich damit hinter die Ohren und steckt sie wieder ein. Nachdem er (wie in der Drei-Wettertaft-Werbung) nachgeprüft hat, ob seine Ohren noch halten, geht er zufrieden die Gangway hinunter

MÄNNLICHE STIMME

Madrid. Es ist ein heißer Tag – vielleicht der heißeste Tag des Jahres. Und unser Außenminister kann sicher sein, dass seine Ohren halten – dank Ohrex Plus.

2. Szene

Ein regnerischer Tag. Außenminister Gabriel steigt einige Stufen einer Gangway hinunter, bleibt dann stehen, zieht die Sprayflasche aus der Tasche, sprüht sich damit hinter die Ohren und steckt sie wieder ein. Nachdem er (wie in der Drei-Wetter-Taft-Werbung) nachgeprüft hat, ob seine Ohren noch halten, geht er zufrieden die Gangway hinunter

MÄNNLICHE STIMME

London. Es regnet in Strömen. Besser: Es schüttet wie aus Kübeln. Trotzdem kann unser Außenminister sicher sein, dass seine Ohren halten – dank Ohrex Plus.

3. Szene

Ein frostiger Tag, eisiger Wind. Außenminister Gabriel steigt einige Stufen einer Gangway hinunter, bleibt dann stehen, zieht die Sprayflasche aus der Tasche, sprüht sich damit hinter die Ohren und steckt sie wieder ein. Als er nachprüfen will, ob seine Ohren noch halten, brechen diese ab

MÄNNLICHE STIMME

Moskau. Klirrende Kälte. Vielleicht der kälteste Tag des Jahres. Die Ohren sind ab: Hier ist Ohrex Plus wirkungslos. Aber was soll's..? Zu Hause, in Berlin, gibt es viele, die unserem Außenminister gern einen Satz heißer Ohren verpassen möchten…